大自然的跫音

王剑明 著

陕西新华出版
太白文艺出版社·西安

图书在版编目（CIP）数据

大自然的跫音 / 王剑明著 . — 西安：太白文艺出版社，2022.7（2024.1 重印）

ISBN 978-7-5513-2161-7

Ⅰ . ①大… Ⅱ . ①王… Ⅲ . ①诗集—中国—当代 Ⅳ . ① I227

中国版本图书馆 CIP 数据核字（2022）第 106569 号

大 自 然 的 跫 音
DAZIRAN DE QIONGYIN

作　　者	王剑明
插　　画	王安泉
责任编辑	付　惠
封面设计	花　涧
版式设计	西安雁展印务有限公司
出版发行	太白文艺出版社
印　　刷	三河市嵩川印刷有限公司
开　　本	787mm×1092mm　1/16
字　　数	60 千字
印　　张	10.25
版　　次	2022 年 7 月第 1 版
印　　次	2024 年 1 月第 2 次印刷
书　　号	ISBN 978-7-5513-2161-7
定　　价	52.00 元

版权所有　翻印必究

如有装印质量问题，可寄出版社制部调换

联系电话：029-81206800

出版社地址：西安市曲江新区登高路 1388 号（邮编：710061）

营销中心：029-87277748

写在前面的话

周明

剑明文友从事水利工作，为人处事如万顷湖泊，波澜不惊；行文作诗如潺潺溪流，澄明透彻，尚善尚美。

闲暇之时，有清风流云拂过心头，有人间百态掠过眼前，有花草虫鱼触动心思，剑明的诗人本能就觉醒了，会聆听诗歌的跫音。他随吟随记，有时数日一首，有时一日一首。偶尔兴之所至，一日甚至可得三四首。他的作品以古体诗词为多，偶有一两首自由体点缀其间。古体诗以七言五言居多，词以写景写情见长。这本诗集，以时间为序，选录了剑明近七八年写的三百多首诗词。

诗词贵在情，情源于思。剑明的情思回萦，如影随形。闭眼人犹在，睁眼不见人。且看他写闲适："散步选曲径，闲适快意新。静坐择幽处，心傍浮云飞。"写快意："夏蝉长鸣声细细，燕子短叽语急急。快意由来心头起，低吟浅唱不离曲。"他回老家休假，在院落散步时吟出了《农家院落》："恰恰树上鹊，皎皎天上月。白云东房出，夕阳西墙落。院里乾坤大，目测有几何。低头看鸡鹅，远望涉星河。"

诗意潜藏在平常生活的深处，剑明在平凡的世界、琐碎的生活中萌发诗意，从幽暗不易觉察的生活缝隙里，捕捉诗意那灵光一现。他看到朋友拍的照片，蓝天映衬下的一棵柿子树，满树红红的柿子，像挂在树上的红灯笼，美得令人心醉。他吟出《蓝天红柿》："树上灯笼高高挂，蓝蓝天下有人家。谁家有幸居福地，生命真谛在当下。"村人采摘柿子时，在树上要留一些，老人说：冬天快到了，鸟儿少食，这是留给鸟儿的。因此，他写下《红柿子》："晓待旭日出，晚冲月光寒。本自留鸟食，今作灯笼悬。"他忙里偷闲，静观菊花，感慨世态万千，心若止水人自在，写下"人生自古多狂情，赏花如何不自由。花瓣不随秋风舞，人比花蕾满脸秋"。

剑明的诗，源于抒发情思的冲动，其诗词语言自然清新，既有高度凝练的意象，又有跳跃的思维。一场瑞雪妩媚了整个冬季，引发他对雪的无限畅想，吟出《下雪》："天宫嫦娥一滴泪，洒向人间花絮飞。江山如练一袭白，纯洁无瑕满乾坤。"在《净心远眺雪后山》中，他写道："昨夜古城雪绵绵，舞尽北风不肯闲。谁剪白云作菱花，妩媚冬日兆丰年。净心远眺雪后山，雪映朗月光生寒。眼前一派银世界，圣洁大地纯粹天。"

人生是一次旅行，我们永远在路上。旅行无所谓快慢，快有快的理由，慢有慢的节奏。一样的旅行，不一样的感受。一样的生活，不一样的人生。一样的风景，剑明吟出了不一样的感悟。他模仿妇人口气，在《人生悠悠离别情》吟道："今夜幽梦何处寻，一轮皓月天如水。相离常做相逢梦，鸿雁传来归期声。冷月高悬长安夜，蓝天白云黔州行。相思总有快意处，情歌留待醉时听。魂牵梦绕云端外，院深月斜人未静。一声叹息思悠悠，两行热泪满脸秋。黄娥自知相思苦，一方手帕寄离愁。问君曾记抛眉处，两汪明眸暗送秋。"在《唯有春风伴君回》中吟道："秋风拂水起涟漪，大雁南飞何时归。等待来年花开早，惟有春风伴君回。"

剑明日有所吟,夜有所梦。梦中吟得一首好诗,反复吟诵,成就感油然而生。晨兴回忆,苦苦思索,夜里的诗却怎么也想不起来,披沙拣金般打捞出一句,怎么看也"前不着村后不着店",没头没尾,尴尬至极,顿时觉得写出来无处安放,丢了又有点可惜。他在《梦中情景画意绚》中写道:"生活苟且吟诗难,梦中情景画意绚。晨起追忆记不全,吟出一句作早餐。"他在《诗境与诗意》中体会:"总觉眼前境不成,灞柳风雪诗意浓。吟得桃花上春时,柳色微茫细雨中。"他的诗词有些是偶然得之,有些是艰苦求索而来,有些则是以心血铸就。

剑明读了陈定山写在台北阳明山的对联"水清鱼读月,花静鸟谈天"后,体会到陈定山暮年之际,追求清逸和超脱世俗的感思。因此,他吟出《鱼读鸟谈》:"鱼读太阴铸奇文,鸟谈苍穹不入云。句句平仄长安词,句压胡笳十八拍。字字心血长再吟,那堪草草送明君。繁星点点朗朗夜,残月依旧照乾坤。"在喧嚣的时代,他品读寻访隐士与禅心的比尔·波特的《空谷幽兰》,吟出十余首同名诗作。"了悟人生二百年,本然见性成菩萨。印证岁月同拜老,素心如简淡饮茶。""诗书为伴两写意,人自精神三分狂。流水落花有禅意,空气无霾青草香。""洗心净面留千古,身轻似烟入浮云。凡心一束无情绪,闲看蝴蝶绕花飞。""地厚天更高,山高近神仙。暮鼓山寺静,明月落山前。"写心中意,绘眼前景,陶醉忘我,悠然自得。

剑明的诗,尽得诗家妙趣:既概括地描写生活,又饱含丰富的思想感情;既能驾驭丰富的想象,又追求意境美、音乐美与形式美。有的篇章借助山川河流、花草树木表达作者深沉的情感和无限的思绪。作者准确捕捉看见的、听见的、触摸到的,以及想象的和梦里的物象，注入自己的人生体验和感悟，描绘出能令读者反复咀嚼的艺术图景。雄浑者如《英雄广昭天地心》："林草自启山川秀，江河入海万古水。美人已随风流去，英雄广昭天地心。"大气者如《心若止水》："欲借春风飞上山，一飞飞到华山颠。身轻不只渊深浅，腾云驾雾似神仙。"壮阔者如《登山》："欲览山巅水穷处，仰望高山心生愁。步步鼓点脚生风，鸟语虫声急伴奏。信步摇摇行徐徐，一路沿溪花簇簇。倾耳细听天籁音，浮云深处藏碧楼。"雄健者如《渭河水秦岭风》："渭水东流流不已，横贯秦川八百里。秦岭山上怎生风，灞桥细柳轻拂水。"宋代戴复古说"诗家气象贵雄浑"，如果过多雕琢会显得虚浮，如果过于质朴就近于村俗。剑明的诗，尽得雄浑气象。

是为序。

（周明，著名作家、编审，享受国务院特殊津贴，曾任《人民文学》杂志常务副主编、中国现代文学馆副馆长、中国报告文学学会常务副会长、《中国报告文学》杂志社社长等）

"真"是诗词之骨

白草根

王剑明的诗集《大自然的跫音》即将出版，嘱我写序，我只能写一篇读后感，却不敢称之为序，。

剑明自幼爱好文学，博览群书，且记忆力惊人，不敢说过目成诵，也算过目难忘。说起历史事件，人物、时间和地点，一点不差；谈到唐诗宋词，张口便来。工作之余，他笔耕不辍，写过散文、诗歌，也写过小说和剧本。他还有一本待出的散文集，收录了散文百余篇。

读罢诗集《大自然的跫音》，我的脑海里最先涌现的是：真人、真情、真景。"真"是诗词之骨，也是诗词之魂。王国维先生在《人间词话》中说："词以境界为最上。有境界则自成高格，自有名句。"什么叫"有境界"？先生认为，"有境界"是指这样几层意思：一，意与境缺一不可；二，情与景交融；三，要在于真，景物要真，感情要真，交融要真。

剑明长年从事水利工作，考察过三江源头和渭河源头，也去过班公湖和伏尔加河畔。诗集中有一大类是写山水的，如《南湖一叶舟》《渭河》《登武当山》《青海湖观日》《壶口瀑布》《胡杨林》等。此类诗歌语言明了，感情真挚，美景中糅进了诗人的感受感慨及丰富的联想，以景生情，融情入景，情、景、事、理兼具，又融为一体，意境悠远，宁静而悠然。诗人的身心沉潜其中，物我莫辨，主客难分，常含不尽之意于言外。

《大自然的跫音》中还有相当多状物的诗，如《竹本无心》《空谷幽兰》等，诗人笔下的竹子、兰草有外形有灵魂有情感。诗人咏物兼咏人，寓情于物，以物起兴，层层递进，脉络清晰，文笔流畅清丽，常有奇思妙想。这一首首小诗似一幅幅清新淡雅的水墨画，又如一支支恬静柔美的小夜曲。

诗集中还有一类是写乡情乡景乡愁的，如《红柿子》《怅望家乡》《农家院落看夕阳》《山里人家》《清明》等。诗人出身农家，割不断的乡情如一壶老酒。乡间有暗柳啼鹊，有翠叶藏莺，有暮归的老牛，有袅袅炊烟，有累累果实，也有锄禾的老农……此类诗描绘工细，声色兼有，淡淡着墨，不加藻饰，有一股浓浓的真情流转其间。语淡而情浓，言简而意深，语尽而意不尽，言尽而情不尽。

诗集中还有一些描写风花雪月的诗，如《夏之声》《听雨无眠》《月亮今夜为我圆》《风雨由来随天意》《月夜踏雪》等。此类诗用意象表现感觉，用六识来感知大自然，画面中有声、色、味等诸种细微的感觉意象。如《秋景》中的"绿色梦"和"河荡枯叶作扁舟"，又如《芦苇摇曳》中的"青蛙叫春两三声"。诗中有视觉、触觉、听觉，也有"错觉"。诗人还惯用通感的手法，如《空谷幽兰·十七》中的"琴声犹带紫檀香"，便是用嗅觉强化听觉。

诗人学中文出身，当年曾备考中国古代文学唐宋诗词方向的研究生，有较深厚的古代文学基础。他的诗以古体诗为主，也有少数现代诗。古诗词有固定的格式、字数、押韵和平仄要求。读罢《大自然的跫音》，方知其诗词平仄合律，对仗工整，音韵和谐，有律句，也有拗句，词之拗句，尤关音律。

诗人阅尽人间沧桑，走遍名山大川，有生活体验，也有心灵感受。他将这些外化为槐柳，寄情于虹月。

（白草根，本名王明理，作家，已出版《烟神》《李万铭忏悔录》《阴阳鱼》等长篇小说。）

目录 CONTENTS

1/ 秋感
1/ 品茶心境
1/ 南湖一叶舟
2/ 一枝春色一叶秋
2/ 雅趣
2/ 感悟
3/ 善意心灵美
3/ 积德自有天知
4/ 如若想见
4/ 打电话有悟
4/ 心若盛达人愈寂
5/ 为善不扬名
5/ 惧内
5/ 自由
6/ 春风不过终南山
6/ 夸父追日
6/ 梁鸿
8/ 农村景象

8/ 繁花似锦为谁开
8/ 明月应照我
9/ 寄意太阴流素光
9/ 爱月
9/ 霜降
10/ 人在湖边
10/ 闲适快意时
10/ 朝闻鸡鸣
11/ 少年不知愁之味
11/ 渭河
11/ 闲暇小隐
12/ 下雪
12/ 快意小清新
12/ 我欲问叶叶不应
13/ 湖边吹来淡淡风
13/ 家藏万卷香盈屋
13/ 一年四季季季好
14/ 花落自有时

14/ 菊花不落暗香来
14/ 月下美人
16/ 虹
16/ 之乎者也
16/ 我家拥有半边天
17/ 春意随燕来
17/ 渭水东流贯秦川
17/ 与友相聚
18/ 风满乾坤月满楼
18/ 童话王国
18/ 仗剑低吟
19/ 你月是我月
19/ 石头河
19/ 疑是太白雪
20/ 梦回家园
20/ 石头河河滩观鹅卵石有感
20/ 闲与君子相处
21/ 快意冬日
21/ 芦苇摇曳
22/ 从来感情难自主
22/ 急风舞雪
22/ 春风戏花蕊
24/ 思家
24/ 花开知时节
24/ 长安细雨

25/ 惬意
25/ 春风吹渭水
25/ 蒙娜丽莎
26/ 咏虹
26/ 渭河
26/ 万变不离其宗
27/ 家院春色无限
27/ 幽怨
27/ 相约未来
28/ 行善传家
28/ 诗书做伴
28/ 育民问沙
29/ 鸳鸯
29/ 春风带雨
29/ 云淡天空阔
30/ 夜夜梦长安
30/ 玉树临风
30/ 送秋
32/ 嫦娥奔月
32/ 长安八月桂花香
32/ 观菊花有感
33/ 风吹莲叶百趣生
33/ 文人情怀
33/ 梦回家乡
34/ 赏花有感

34/ 思念总在别离后
34/ 观花有感
35/ 登武当山
35/ 鸵鸟
35/ 观螃蟹有感
36/ 清廉
36/ 梦里彼岸花
37/ 初试春江水
37/ 蓝天红柿
37/ 过泾渭分明处有感
38/ 秋游有感
38/ 梅香
38/ 咏丹顶鹤
40/ 英雄广昭天地心
40/ 青海湖观日
40/ 心有灵犀
41/ 羞色美
41/ 心若止水
41/ 唯有春风伴君曰
42/ 君子自尊
42/ 人生悠悠离别情
43/ 今夜西窗不卷帘
43/ 相逢花开
43/ 迎春花
44/ 花雨

44/ 燕
44/ 由来计谋可通神
45/ 登山
45/ 春到长安
45/ 下雪
46/ 秋雁南飞
46/ 秋景
46/ 南都北归
48/ 诗境与诗意
48/ 赏竹
48/ 赏花宜早
49/ 花语
49/ 美女
49/ 雨雪遐想
50/ 乘凉
50/ 不应有恨
50/ 知天命
51/ 渭河水秦岭风
51/ 鱼读鸟谈
51/ 月夜秋风
52/ 观荷
52/ 花开花落
52/ 望乡
53/ 消愁
53/ 观荷花有感

53/ 别离歌
54/ 夏日幽情
54/ 探亲
54/ 轻握白云手不干
56/ 规矩
56/ 乖巧姑娘表白图
56/ 诗
57/ 落叶
57/ 秋入长安
57/ 曲江流饮
58/ 蛐蛐当户
58/ 夜读
58/ 观河识水趣
59/ 秋蝉
59/ 宠辱不惊
59/ 渭水秋景
60/ 今秋半日闲
60/ 闲来湖边坐
60/ 秋菊
61/ 落叶无依
61/ 有感于曾国藩家训
61/ 秦岭逢秋
62/ 秋入长安落叶舞
62/ 白露遐想
62/ 心中秋云一瓣莲

63/ 梅花只在冬季开
63/ 雨霁花香
63/ 花尽待梅开
64/ 红柿子
64/ 长安秋景
64/ 捕鱼
66/ 花前饮酒
66/ 同窗聚会
66/ 饮酒人快乐
67/ 叮咛心语
67/ 狂狷之约人已醉
68/ 放眼自然心胸宽
68/ 同窗相聚人未老
68/ 夏夜
69/ 云淡风轻不了情
69/ 魂魄上山人欲仙
69/ 秋风秋雨
70/ 立冬
70/ 咏虹
70/ 怅望家乡
72/ 深秋汉阳陵银杏林图
72/ 感恩节有感
72/ 农家院落看夕阳
73/ 有感于西湖景区不扫落叶
73/ 蒲公英

73/ 春游
74/ 净心远眺雪后山
74/ 梨花着露
74/ 日暮天降雪
75/ 伤心雁南飞
75/ 雪地行人舞人生
75/ 洛阳牡丹
76/ 春游秦岭
76/ 月下美人雾中花
76/ 人勤春早
77/ 惜别曲
77/ 离别时节
77/ 清明
78/ 荣华一再入梦来
78/ 穿越
78/ 长安春景
80/ 三秦春色无限好
80/ 关中正当花落时
80/ 春光
81/ 樱花落
81/ 朋友相聚情满堂
81/ 事烦心宁静
82/ 曲意误春
82/ 空谷幽兰
89/ 沉醉春之声

89/ 沐浴春雨
90/ 道情
90/ 青竹无言
90/ 渭水与我共向东
91/ 老榆树
91/ 农村春景
91/ 水中倒影
92/ 晚敲纱窗无言语
92/ 白头如秋人已老
92/ 王公解梦
93/ 长乐未央一水流
93/ 风雨由来随天意
93/ 庭前秋千带夕阳
94/ 炊烟生处是乡愁
94/ 夏日情怀
94/ 单身女子婚纱照
96/ 开卷有益
96/ 富平柿饼
96/ 猝然临之而不惊
97/ 竹本无心
97/ 客乡情趣两卿卿
98/ 每读诗书有疑问
98/ 生活无诗不精神
98/ 亲娘在　不远游
99/ 家乡苹果采摘时

99/ 农家乐天伦
99/ 春乏人愈惰
100/ 梦里思乡情更浓
100/ 洗衣女
100/ 三八节游浐灞湿地
102/ 情人节
104/ 观花正当时
104/ 清明
104/ 旅游消愁
105/ 柳絮
105/ 雨中逍遥游
106/ 诗意
106/ 月夜踏雪
106/ 感怀秋意
107/ 壶口瀑布
107/ 秋思
107/ 秋景
108/ 春景
108/ 人老了 只想做一静静的
　　 看客
108/ 虹
109/ 月亮今夜为我圆
109/ 不争人自贤
109/ 人有尊严气自高
110/ 寡欲心安

110/ 听雨无眠
110/ 自在莫过农家院
112/ 农家院落
112/ 夏之声
113/ 夏之味
113/ 思夫
113/ 中华民族魂
114/ 秦川是吾乡
114/ 溯源
114/ 山里人家
115/ 槐花雨
115/ 王家大院风水佳
115/ 槐树
116/ 河流
116/ 公鸡
116/ 杨稳新画意
118/ 壶口瀑布
119/ 再拜许衡
120/ 晚秋
120/ 醉仙犹如南柯梦
120/ 中秋恰逢连阴雨
122/ 秦岭秦人秦韵
122/ 蜗牛
122/ 向日葵
123/ 胡杨林

123/ 路在身后

123/ 一家亲

124/ 每从文章见精神

124/ 德行可风

124/ 黄昏村景

125/ 乞巧节

125/ 晚秋

125/ 门前春早

126/ 春景

126/ 春日郊外

126/ 蜜蜂

128/ 花前释怀

128/ 莲心

128/ 春色无边

129/ 海燕

129/ 点睛

129/ 新冠肺炎居家有感

130/ 谈笑有鸿儒

130/ 春夜细雨

130/ 他乡遇老乡

131/ 梦中情景画意绚

131/ 老同学聚会

132/ 放风筝

132/ 送别

132/ 人老心不老

133/ 卜算子·看西安交通大学
　　　樱花大道樱花落有感

133/ 卜算子·举目无贵阳

134/ 卜算子·贵州游

134/ 卜算子·云

135/ 卜算子·名利如云烟

135/ 卜算子·咏梅

136/ 蝶恋花·长安惜别

136/ 蝶恋花·采莲

137/ 清平乐·自由自在人生梦

137/ 清平乐·情深海阔

138/ 菩萨蛮·秋风秋雨难为秋

138/ 菩萨蛮·花开花落自有时

139/ 点绛唇·荷花歌

139/ 采桑子·酒醉逍遥

140/ 丑奴儿·学堂门前白杨树

140/ 相思令·别离辞

141/ 荷叶杯·记得那年盛夏

141/ 浪淘沙·多事之秋

142/ 江城子·春游

142/ 点绛唇·蜜蜂采花图

143/ 南乡子·秋景

143/ 眼儿媚·人面桃花

秋感

秋风萧萧欲袭人,果香随风漫天飞。
平生未羡人富贵,功名加身不自由。
又是一年秋风紧,叶自飘零花自萎。

品茶心境

林中清泉水盈盈,山寺禅房有高僧。
择心静时好品茶,情到深处茶自香。
积德行善有余庆,作恶多端留余殃。
桃花蕊里藏春色,坐怀不乱真君子。
禅房花木带佛意,唯有德行昭时光。

南湖一叶舟

南湖一叶舟,朦胧烟雨楼。
点燃星星火,风烟遍九州。

一枝春色一叶秋

神州山河有灵秀,满目青山满水绿。
一条江河一首诗,一枝春色一叶秋。

雅趣

东看旭日仰望佛,临水羡鱼坐观月。
月下酌酒酒更醇,花前读书书有香。

感悟

爱到深处恨自消,钱到多时能通神。
运来神仙挡不住,势去诸葛无良策。

善意心灵美

一

口吐亵句自损德,举止失态有失尊。
静观落雪雪有声,雨中散步步无尘。
赏花还须三春暖,秋菊不畏西风寒。
淡月一抹留清影,彩虹过后天无痕。

二

善意总觉心里暖,丹心不畏西风寒。
仁德之士常谦恭,乐善好施尤可鉴。

积德自有天知

行善无须自张扬,积德后世借其光。
宽容才见胸怀广,喜怒适度现涵养。
小事一桩精神样,每逢大事看担当。

如若想见

题记：爱到深情时，情切切、意绵绵。今若去也，无须留恋。如若想见，怎能不相见？心飞翔，爱也飞翔，梦里缠绵。

莫愁色衰人将老，且喜心仪仍年少。
挥斥径路笔生辉，著就不朽文载道。

打电话有悟

语言粗俗损其德，举止不雅难自尊。
孝顺长辈福将至，修身修性自在人。

心若盛达人愈寂

安得竹子簇处栖，凤凰寻觅梧桐息。
人心弥高调宜低，黑夜归梓毋锦衣。
心若盛达人愈寂，善事如何先利器。

为善不扬名

事烦心不乱，少食病无侵。
为善不扬名，独处静修心。
如若善念存，天赐福予人。

惧内

龙丘居士贤内悍，苏格拉底妻无功。
可怜博士胡适之，窗枢常听贯耳声。

自由

约束如山山常在，自由逝水水自淌。
几曾荣华浮云处，犹记箪食扑鼻香。

春风不过终南山

秦岭高耸入云端,华夏南北分界线。
华山横绝寒难度,春风不过终南山。

夸父追日

渭水逶迤蛇行远,日夜兼程也匆匆。
夸父追日饮水罄,萋蔫灞柳忙鞠躬。

梁鸿

伯鸾本是清高士,东出潼关赋五噫。
举案齐眉有孟光,死后要离相依傍。

大自然的聲音

7

农村景象

朝霞相拥日冉冉,清晨挟牛去耕田。
余晖偕同夕阳坠,日暮回家随牛归。

繁花似锦为谁开

繁花似锦为谁开,蜂蝶不速纷自来。
花容入园心里醉,不恨花萎叶自飞。

明月应照我

一生多行善,晚景不凄凉。
明月应照我,相约在十六。

寄意太阴流素光

七七相聚似牛郎,寄意太阴流素光。
人邀明月月照人,君心向佛佛度君。

爱月

惜日常早起,爱月夜不寐。
常怀感恩心,福荫后代人。

霜降

风也萧萧,树也洞洞。
不是雪飘,却似雪雕。

人在湖边

北国风光在塞外,人在湖边心想怪。
不览云海佛光色,却念湖怪浮起时。

闲适快意时

散步选曲径,闲适快意新。
静坐择幽处,心傍浮云飞。

朝闻鸡鸣

朝闻鸡鸣声再再,推衾欲起意迟迟。
农妇劳作已半日,方是佳人梳理时。

少年不知愁之味

少年不知愁之味，入世方知诸事难。
富贵功名如春梦，寥落平淡何须怨。

渭河

源起陇西鸟鼠山，蜿蜒奔流出潼关。
秦川沃野八百里，渭水东流一线穿。

闲暇小隐

顾影自怜泪满面，衣裳不整半开轩。
人生闲暇小隐之，何须群聚终南山。

下雪

天宫嫦娥一滴泪,洒向人间花絮飞。
江山如练一袭白,纯洁无瑕满乾坤。

快意小清新

寡欲不慕大富贵,时时快意小清新。
奢望闹心难康宁,功名加身不自尊。

我欲问叶叶不应

一场秋风一寒生,残阳夕照树泛红。
我欲问叶叶不应,随风飞舞自飘零。

湖边吹来淡淡风

草亭矗立湖水中,湖光山色草木青。
柳絮飞入盈盈水,湖边吹来淡淡风。

家藏万卷香盈屋

明月皎皎照床帏,揽衣徘徊夜不寐。
家藏万卷香盈屋,吾有千金福满门。

一年四季季季好

春播希望秋收获,夏赏荷花冬观雪。
一年四季季季好,快快活活活到老。

花落自有时

百花谱春韵,蜂蝶戏花蕊。
花落自有时,何须恨秋风。

菊花不落暗香来

花气已随秋风去,菊花不落暗香来。
人生心愿有几多,闻香寻梅雪轻踩。
醉眼看人不自禁,飞波暗送满眼秋。
缘分无须重发誓,些许轻诺双泪流。

月下美人

春风拂面始觉暖,雪里看花沁人心。
雨中观景景如画,月下审美人皆美。

大自然的跫音

虹

雨洗苍穹天舒蓝,七彩拱绝天地间。
谁衣长袖当空舞,仙桥一弓凌云飞。

之乎者也

花开欲赏直赏之,莫等花谢荡荡乎。
赏花人是护花者,百花逝去春尽也。

我家拥有半边天

梧桐两棵荫庭院,竹子一簇星满苑。
仰头望月月在上,我家拥有半边天。

春意随燕来

春风尚未至,迎春花偷开。
花开含羞去,春意随燕来。

渭水东流贯秦川

风生潼关擎龙头,水起甘肃鸟鼠山。
渭水东流贯秦川,残阳西照满长安。

与友相聚

友人相聚蒙餐楼,杯中斟满蒙古酒。
一曲情歌尚未终,两行热泪满眼秋。

风满乾坤月满楼

赏花自在春风里,百花不谙人之乐。
不忧花香随风逝,唯惜花落春去也。
秋高气爽雁南飞,瓜果飘香人欲醉。
最是中秋月圆时,风满乾坤月满楼。

童话王国

童话王国了无尘,幽香伴随雪花落。
银色皑皑冲冷月,闻香寻梅轻踩雪。

仗剑低吟

敢望风生水起时,仗剑低吟风萧萧。
漫卷诗书喜欲狂,明月做伴好还乡。

你月是我月

朝辞长安城，夜寐太白山。
萋萋草地芳，皑皑冒山巅。
一滴太白酒，满桌瓜果香。
醉里不知谦，梦游戏谪仙。
共饮太白酒，你多我不多。
同望天上月，你月是我月。

石头河

醉卧太白忽觉寒，仰望星空月未圆。
俯首山涧河川阔，奈何水少石头多。

疑是太白雪

白云出山岳，疑是太白雪。
月在天空悬，水中落玉盘。

梦回家园

忽觉许久未还乡，梦里几回回家园。
梧桐树下情依依，满院绿荫青草香。
心旷神怡消时光，醉卧花前读华章。

石头河河滩观鹅卵石有感

乱石出山样不同，任遭河水经年冲。
棱角不知何时去，鹅卵尽现滩处处。

闲与君子相处

闲与君子相处，乐与亲人分享。
就餐无须佳肴，阅读应选好书。

快意冬日

懒散冬日才睡醒,细听绕梁有琴声。
仿佛幽怨自诉语,花曳暗香满屋盈。
小心拭去伤愁泪,快活结伴去旅行。
只见阳光窗前照,卧榻一觉到天明。
悠然回想快意梦,此时无声似有声。

芦苇摇曳

题记:月光下与友人游大明宫,湖中芦苇沙沙作响,月亮照在湖面上,银光熠熠,湖中青蛙叫个不停,一对恋人在湖边忘情地接吻,即兴赋诗。

芦苇摇曳夜沉沉,湖中泛月片片银。
青蛙叫春三两声,急煞岸边一对人。

从来感情难自主

从来感情难自主,梦里恍惚乖戾人。
最是伤心到极处,岂敢轻弹男儿泪。

急风舞雪

一曲情愫水禅歌,浅唱低吟不离雪。
北风不解雪花意,轻问你也在这里。

春风戏花蕊

春风戏花蕊,奈何蝶为媒。
人在花影中,自在趣也得。

大自然的跫音

23

思家

别离家乡身是客,每逢乡党情意长。
几曾回味慈母饭,犹记残酒扑鼻香。

花开知时节

雪花随冬去,柳絮伴春飞。
花开知时节,英落无语时。

长安细雨

绿荫荫庇古城墙,花香氤氲大雁塔。
清明喜雨润长安,一城春色半城花。

惬意

轻弹琵琶低吟诗，小酌美酒静赏竹。
细品清茶慢下棋，淡泊名利闲读书。

春风吹渭水

春风吹渭水，英落满长安。
青青河边柳，郁郁山前竹。
茵茵八百里，香溢渭水流。

蒙娜丽莎

两扉舒展双唇翘，唯将嫣笑递精神。
心存喜悦难自禁，一笑倾倒亿万人。

咏虹

雨后天晴好阳光,嫦娥出宫晒衣裳。
瞬间绚丽曜苍穹,毕竟七彩舞长空。

渭河

风生古潼关,水起鸟鼠山。
盘桓东流去,惠渥大秦川。

万变不离其宗

官样文章不自由,常年照瓢画葫芦。
树木逢春新开花,喜鹊落在旧枝头。

家院春色无限

门前树上喜鹊叫,庭院绿茵有落花。
聊借东风问个讯,无限春色属谁家。

幽怨

晨曦载曜映画梁,未曾梳理斜倚窗。
对镜自怜抹淡妆,面如桃花斗海棠。
今朝无事暗思量,诗人焉能相依傍。
不谙归宿心无愧,却将幽怨写纱窗。

相约未来

相约牵手数星斗,春意铭心终须有。
期待千年等一回,问津海滨失意人。

行善传家

行善总觉人自在,由来善心可通神。
不期福寿现世报,德行可风荫子孙。

诗书做伴

燕子飞过我窗前,叫声急促报平安。
谁言夜夜人寂寞,尤有诗书伴我眠。

育民问沙

端午风景西域寻,只见黄沙不见人。
育民问沙沙不应,天自蓝蓝云自飞。

鸳鸯

水上鸳鸯对对缘,游来凫去泛波前。
形影不离相依偎,身后水花也相连。

春风带雨

春风带雨三秦绿,渭河花开两岸香。
千年雁塔仍依旧,古都长安一时新。

云淡天空阔

人闲慢步摇,手舞心愈急。
云淡天空阔,月明星儿稀。

夜夜梦长安

黔州有高原，人寒心不寒。
此间人虽乐，夜夜梦长安。

玉树临风

玉树临风人若水，黔游归来沧桑重。
未见美景黄果树，只觉家乡人最亲。

送秋

凄厉北风断送秋，一片枫叶照流年。
依依情意秋雨细，有梦无畏霜降寒。

大自然的跫音

31

嫦娥奔月

我欲登天疑无路,嫦娥如何在月宫。
愿借七彩桥上行,云在山涧虹在穹。

长安八月桂花香

龙王长出一口气,化作霓虹万丈高。
秋来风高气愈爽,满目山色与水光。
八月中秋佳期临,桂花树前溢清香。

观菊花有感

人生自古多狂情,赏花如何不自由。
花瓣不随秋风舞,人比花蕾满脸秋。

风吹莲叶百趣生

莲下淤泥污,荷上甘露盈。
风来荷叶动,叶动百趣生。

文人情怀

文人从来苦爱竹,腹有气节人自珍。
浊酒共茶香一色,全凭诗书长精神。

梦回家乡

未曾乞骨人忪忪,心在柴门烟雨中。
别离桑梓三十年,梦中几回回家园。

赏花有感

人有笑脸花愈艳，脚踩花瓣步履轻。
人有情绪花相应，万物灵性气相通。

思念总在别离后

思念总在别离后，唯系悠悠眼前情。
灵魂超越三界外，起居依然五行中。

观花有感

谁谙几多花意思，招蜂引蝶为哪般。
从来风月难启齿，直将心思露尊前。

登武当山

武当山巅浮云海,登山宛若驾云行。
仙境烟云无穷意,尽在虚无缥缈中。

鸵鸟

长颈接天引高歌,雄也赳赳气昂昂。
纵使奔驰快如飞,展翅飞跑不翱翔。
一枚硕卵何其大,立地傲视群鸟茫。
大难临头高翘腚,唯将鸟首沙里藏。

观螃蟹有感

信步摇摇跪苧韵,横行犹如向前进。
明知路途有艰险,身处夹缝求生存。

清廉

人在仕途重尊严,水到穷处有清泉。
子罕不贪以为宝,守身如玉人自贤。

梦里彼岸花

题记:梦里靠近,柔弱依偎,彼岸花。远远欣赏,缠绵泪流,我的梦。患得患失,走了,远了,模糊了,荷叶露珠,游离,向往,执着,印鉴,风花雪月,笑谈无悔。这是朋友发给我的梦境,我回敬他一首诗。

梦里寻觅谁相依,小荷袅袅绿波中。
颗颗泪珠甘露情,点点滴滴到天明。

初试春江水

浮游沉沉漲愠愠,双蹼初试春江水。
天下甲鸟是面首,君子耻呼其称谓。
纵使殴之不上架,惊起鸳鸯水上飞。
迈开八字晃悠悠,摇摇摆摆一乡绅。

蓝天红柿

树上灯笼高高挂,蓝蓝天下有人家。
谁家有幸居福地,生命真谛在当下。

过泾渭分明处有感

人在江湖几十秋,同流未污聊无忧。
晓看泾渭分明处,清水浊水各自流。

秋游有感

一登登到最高峰,峰顶看山各不同。
远看寺院云雾中,近听泉水有禅声。
置身林中心平静,旖旎风光悠悠情。
丈尽天下无穷路,全凭自家脚下行。

梅香

夜来一场雪绵绵,雪映月光光生寒。
晓看蜡梅花开处,傲立雪中香溢散。

咏丹顶鹤

仰天高歌信天游,亭亭伫立步悠闲。
傲人身姿翩翩舞,一飞惊破万里天。
雪羽一袭青有间,和松双双寿延年。
谁点头上朱丹红,衣冠禽中一品官。

大自然的跫音

英雄广昭天地心

林草自启山川秀,江河入海万古水。
美人已随风流去,英雄广昭天地心。

青海湖观日

青海湖畔观日出,太阳比我起来迟。
辰时未见旭日涯,东望湖上有朝霞。

心有灵犀

人生至交淡淡情,知音最是心相通。
轻弹一支月光曲,和作窗前风雨声。

羞色美

浅酒一饮生彩晕,红润胜过少女色。
欲将桃花映人面,羞色堪比桃花美。

心若止水

欲借春风飞上山,一飞飞到华山巅。
身轻不知渊深浅,腾云驾雾似神仙。

唯有春风伴君回

秋风拂水起涟漪,大雁南飞何时归。
等待来年花开早,唯有春风伴君回。

君子自尊

土豪人前露其富，君子自然显其尊。
人有爱意心向善，人若自在心如水。

人生悠悠离别情

轻拂薄被难入睡，敞开窗纱紧闭门。
今夜幽梦何处寻，一轮皓月天如水。
相离常做相逢梦，鸿雁传来归期声。
冷月高悬长安夜，蓝天白云黔州行。
相思总有快意处，情歌留待醉时听。
魂牵梦绕云端外，院深月斜人未静。
一声叹息思悠悠，两行热泪满脸秋。
黄娥自知相思苦，一方手帕寄离愁。
问君曾记抛眉处，两汪明眸暗送秋。
相拥才觉未净面，早已忘却昨夜酒。

今夜西窗不卷帘

今夜西窗不卷帘，明月伴君梦也幽。
轻吟一支催眠曲，吹散枕边多少愁。

相逢花开

鱼儿从容须海阔，世人谁晓鱼之乐。
恰是相逢花开时，笑靥与花共一朵。

迎春花

人间三月花无色，碎碎黄花醉了春。
最是一年花开早，独占东风第一枝。

花雨

云聚千里外,花开雨声中。
谁言愁归处,孤月伴青灯。

燕

几度风雨万里飞,衔来春色饰北国。
玉堂开处未栖身,归来仍进自家门。

由来计谋可通神

主意从来终须有,由来计谋可通神。
可怜东吴周公瑾,计出损兵赔夫人。

登山

欲览山巅水穷处,仰望高山心生愁。
步步鼓点脚生风,鸟语虫声急伴奏。
信步摇摇行徐徐,一路沿溪花簇簇。
倾耳细听天籁音,浮云深处藏碧楼。

春到长安

无限春色古城外,灞河柳色烟雨中。
柳树枝头绿意浓,花开时节领春风。

下雪

广寒宫前桂芯落,白云烟雾筛轻盈。
眼前一片银世界,江山皑皑玉妆成。

秋雁南飞

自古秋深人生愁,天高云淡夜无眠。
苍穹大雁排阵飞,便上云霄到江南。

秋景

湖光山色秋月白,长河落日霜满地。
萧飒凉风徐徐吹,桂花飘香香不已。
落叶飘零树上风,寂寞梧桐秋雨细。
远看秋水不待期,直赏荷花几多意。

南都北归

早春三月花愈艳,杏花细雨江南岸。
野马秋草塞上风,北国莽莽九月天。

诗境与诗意

总觉眼前境不成，灞柳风雪诗意浓。
吟得桃花上春时，柳色微茫细雨中。

赏竹

世人爱花吾赏竹，百花莫若四季绿。
春花不耐轻风起，花瓣萎落一时休。
赏竹不洒落花泪，长对青竹满眼秋。

赏花宜早

芬芳四月绿泽地，花香四溢醉了天。
最恋花落春归去，欲赏春花又一年。

花语

鲜花朵朵传情意,鸟语嘤嘤只为爱。
一听花语声细细,千树梨花梦里开。
无限春意古戍外,灞河柳色烟雨中。
小怜青草年年生,胜却一世人间情。

美女

朱唇一启碎砑玉,巫山突兀双蓓蕾。
巧笑倩兮两窝酒,纵使不饮也醉人。

雨雪遐想

天宫只有龙做主,浮云从来无所归。
玉筛摇摇细雨下,银箕簸簸雪花飞。

乘凉

农家院落纳夜凉,闭眼晃头听秦腔。
手把蒲扇轻轻摇,一弯新月树梢上。

不应有恨

柳絮纷飞长安雨,梅花飘香风中雪。
离愁别恨人间情,将作浮云有几多。

知天命

年过五旬知本性,独善其身不待年。
欲望恬淡且苟安,唯慕延年不羡仙。

渭河水秦岭风

题记：河流弯弯，是岁月留下最美的曲线。浪花在前，河床挡不住洪流，却把印记刻在岸边。

渭水东流流不已，横贯秦川八百里。
秦岭山上怎生风，灞桥细柳轻拂水。

鱼读鸟谈

鱼读太阴铸奇文，鸟谈苍穹不入云。
句句平仄长安词，韵押胡笳十八拍。
字字心血长再吟，那堪草草送明君。
繁星点点朗玥夜，残月依旧照乾坤。

月夜秋风

秋风萧瑟心悠悠，落日还生别样愁。
胜有幽情月下坐，浅饮几杯又如何。

观荷

六月观荷正当行,绿波莹莹点点红。
小荷村姑分不清,忽闻荷中有歌声。

花开花落

阳春三月花正红,屡被寒潮毁玉容。
虽有绿叶频相护,花落依旧风雨中。

望乡

遥望乡关隔山水,归心每每随云飞。
梦里编织回家路,魂牵心系在至亲。

消愁

举杯借酒消忧愁,愁随美酒上我头。
格桑花前愁不见,云聚云散了无忧。

观荷花有感

荷叶撑起遮阳伞,红蕖一举醉了天。
露珠欲碎却又圆,浅浅绿盆弄清泉。

别离歌

朝闻仙鹤唱离歌,夜寐不安初涉河。
云来鸿雁不堪听,雨疏八载客中过。
夏日热浪催寒近,别情声声向晚多。
不念长安行乐处,直叫岁月成蹉跎。

夏日幽情

蝉鸣一声长悠悠,纵有烦心水自流。
逐客令出君行远,人海浪里一孤舟。

探亲

久别桑梓迷茫中,母在家乡思念浓。
与弟相约同探亲,一路明月一路风。

轻握白云手不干

经年独听厅前雨,邂逅同看雨后山。
惜别诗情读懂易,离愁烦心欲画难。
意动神飞绣成堆,轻握白云手不干。
相拥春天情切切,月圆时节约重还。

大自然的跫音

规矩

朝霞有情烘日出,彩虹无意架仙桥。
自古封侯须长剑,何劳白云解沉浮。
一曲高歌几多情,细听流水有禅声。
山中喊破嗓子眼,对面崖上有回应。

乖巧姑娘表白图

早春花未开,杨柳舞春风。
芳心欲轻吐,人面已潮红。

诗

腹稿酿成下笔犹,索句何劳千杯酒。
应笑书生文绉绉,一诗吟罢双泪流。

落叶

秋凉落叶飞,飘零一为客。
不忍轻别离,犹恨不得归。

秋入长安

秦岭风渐冷,渭水雾气寒。
八月舌穿衣,秋已入长安。

曲江流饮

曲江池畔杏园宴,轻漂漫流一樽酒。
新科进士谁幸运,一杯美酒诗一首。

蛐蛐当户

促织唧唧绵绵夜，秋云沉沉欲雨天。
声声移近不得眠，原来蛐蛐到窗前。

夜读

夜读诗书寐不成，坐听窗前风雨声。
潇潇秋雨戏梧桐，斜倚床头到天明。

观河识水趣

一

观河识水趣，赏花嗅幽香。
人生得意处，幽梦且长长。

二

湖中涟漪无穷意，识得水趣有几许。
相对两眼看过来，风雅男儿无俗举。

秋蝉

一

池塘秋草黄,蝉声一悲伤。
索居人孤寂,寡欲心自爽。

二

渭河水潺潺,秦岭松风寒。
仲秋暮蝉声,一鸣一凄惨。

宠辱不惊

玄素岂敢乱涂鸦,大明江山图已就。
升迁由来不问君,陶谷年年画葫芦。

渭水秋景

年年渭水东流去,歌尽浪花芙蓉水。
试问秋风余几许,云横秦岭雁南飞。

今秋半日闲

秋雨淅淅七夕天,牛郎织女闪相见。
清茶淡淡情依依,赢得今秋半日闲。
开心时啖开心果,欲说还休自其圆。
二人同饮一壶茶,品出人生两种难。

闲来湖边坐

闲来湖边坐,倒影悬水中。
钓者孤一人,仿佛两渔翁。

秋菊

秋雨潇潇夜生寒,仰俯逸时待月圆。
最是一年秋好处,金菊生辉百花残。

落叶无依

落叶戏秋风,悠悠别离情。
自始无所依,孤寂自飘零。

有感于曾国藩家训

清心超然于物外,荣辱不惊乃自尊。
苟以其道成家道,芸芸众生一高人。

秦岭逢秋

一抹斜阳落秦岭,山色奈何血染成。
谁言枫叶堪比花,却叫岁月怨秋风。

秋入长安落叶舞

一派秋声入长安,望断飞雁人不见。
银杏金黄千秋树,落叶轻舞晚风前。

白露遐想

白露为霜荷花残,秋风萧瑟夜生寒。
月光冷浸满天星,一池秋水五彩山。

心中秋云一瓣莲

诗情风前无处诉,一宵秋风菊花残。
试问秋云归何处,今夜窗前一瓣莲。

梅花只在冬季开

玉颜一羞红晕飘，一番弄雪梅花俏。
今生有谁长相依，斜阳沐草长安道。

雨霁花香

轻捻花瓣香扑鼻，笑对菊花味冲冲。
长安云霁八月雨，桂花枝头树上风。

花尽待梅开

留恋生情处，花落感君怀。
红叶无须扫，花尽待梅开。

红柿子

　　题记：渭北农村，采摘柿子时在树上要留一些。老人说，冬天快到了，鸟儿少食，这是留给鸟儿的。

晓待旭日出，晚冲月光寒。
本自留鸟食，今作灯笼悬。

长安秋景

杜公祠堂烟雾迷，灞河柳枝拂金堤。
秦岭斜阳着山色，渭水东流永不息。

捕鱼

午过树荫斜，河畔有渔家。
小船晃悠悠，水面浮野鸭。
渔翁一挥撒，网开一朵花。

大自然的聲音

65

花前饮酒

饮酒在花前,瞬间成酒癫。
明知花有语,不向醉人言。

同窗聚会

秋日飒爽风敲窗,枫叶不恨晚来霜。
昔日同窗聚一堂,淡酒和作清茶香。
可怜秋来人将老,徐啖老酒意味长。
曾经少年鬓毛衰,银杏菊花相向黄。

饮酒人快乐

醒时邀明月,醉后浴清风。
人生得意时,身心几多轻。

叮咛心语

题记：一日乘地铁，一少妇带一六七岁孩子上车。少妇不断叮咛"别和老人抢座位"，深有感触。

人无百年寿，何生千般愁。
其道成家道，尊老诚爱幼。
坐下人自在，站立尚自由。

狂狷之约人已醉

题记：观薛合新先生"狂狷之约"书法展有感。

一身风雅何处寻，狂狷之约几许人。
静观动作无俗态，浊酒杯杯和泪饮。
不逢知己不开怀，个中意味谁解得。
一片孤云难成雨，尺素泼墨芙蓉水。

放眼自然心胸宽

高山仰止何须远,大海无遮千里阔。
朝霞烘日东海出,祥云扶月西山落。

同窗相聚人未老

同窗相聚人未老,笑把菊花对秋风。
浮游宦海心无重,气沉丹田不老翁。

夏夜

旭日海上出,夕阳西山冲。
月出鸟不鸣,只闻蛙叫声。

云淡风轻不了情

秋雨潇潇夜深深,情绪沉沉惹恨丟。
雨过天晴云去远,良辰无力系春心。

魂魄上山人欲仙

雨后日出别样红,吹散浮云人易醒。
苍天不禁迢迢路,长柳依依惹春风。
吟诗聊记无限意,莫道不朽人少同。
闻讯西岳取云处,东西南北是哪峰。

秋风秋雨

秋雨濯秦川,银杏叶正黄。
长安秋风起,弥漫桂花香。

立冬

朔风起自秋意去,天寒夜长冬日来。
满天星斗拱孤月,万里浮云雪花白。

咏虹

桥非桥,弓非弓,来雨后,出天晴。
来如幽灵与日共,去时烟云一阵风。

怅望家乡

树叶难遏秋风起,夜阑静听琵琶语。
几番秋雨戏梧桐,怅望家乡几时息。

大自然的跫音
71

深秋汉阳陵银杏林图

秋风昨夜掠园林,银杏叶落满地金。
百般秋色留不住,渭水东流永不归。

感恩节有感

衔环结草报以李,涌泉反哺滴水恩。
欲谢恩人沽美酒,把盏未饮心已醉。

农家院落看夕阳

树上喜鹊叫喳喳,农夫心里乐开花。
红运高照今将到,福气频频顾我家。

有感于西湖景区不扫落叶

西子湖畔听风人,仲秋冷月意境深。
满阶红叶浑不扫,留作诗人细细吟。

蒲公英

轻风送我上青云,飘飘欲仙何处为。
苍穹无垠地势坤,高擎花伞徐徐归。

春游

春日偶遇丽人天,闲云环抱青青山。
绝胜难取门前柳,踏青处处花做伴。
怡情遥遥连芳草,暖风习习拂面酣。
最是金钱买不来,杨柳荫里荡秋千。

净心远眺雪后山

昨夜古城雪绵绵，舞尽北风不肯闲。
谁剪白云作菱花，妩媚冬日兆丰年。
净心远眺雪后山，雪映朗月光生寒。
眼前一派银世界，圣洁大地纯粹天。

梨花着露

春花沐浴三月雨，有花无诗不精神。
梨花着露最可人，吟诗赏花醉和春。

日暮天降雪

日暮天降雪，江山一片白。
鸟无觅食处，不惧扫雪人。

伤心雁南飞

大雁南飞欲何求,谁识天凉好个秋。
离别本是无情语,苍穹白云难为留。
人有豪杰领头雁,一字排阵雄赳赳。
江南一去珠有泪,疾风回雪锁离愁。

雪地行人舞人生

玉龙吐凉酿,祥瑞兆丰年。
白云作絮飞,地上雪绵绵。
纤纤作细步,手舞足蹒跚。
颤颤复兢兢,犹如临深渊。

洛阳牡丹

天下第一花富贵,最取天香共国色。
洛阳牡丹花似锦,满城尽是看花人。

春游秦岭

绿意青山千秋画,溪水长流万古琴。
春雨温润花无语,洗耳恭听天籁音。

月下美人雾中花

美女披纱人欲飘,月影入梦似幽灵。
雾里远眺芙蓉花,一束细腰千种情。

人勤春早

春雨润如酥,农家无空闲。
最是开心时,禾苗叶田田。

惜别曲

长安人济千百面，盈盈笑意忆芳容。
一曲别歌声细细，不待桃夭三月风。

离别时节

一点凄凉离别情，十年美意黄粱梦。
眼前几滴泪欲碎，难为梨花说分明。

清明

油菜花开遍地黄，追逐春风回家乡。
清明祭祖龛作堂，点燃心中一炷香。

荣华一再入梦来

燕子归来帘高卷,贵人入户门半开。
富贵终随光阴去,荣华一再入梦来。

穿越

逝者如斯夫,韶华随水流。
轻云拂朗月,巨浪遏飞舟。
今月乃古月,穿越何太久。

长安春景

云聚长安细雨下,百花绿草各占春。
风舞杨柳丹青手,画尽春光笔生辉。

三秦春色无限好

春风有意满地茵,桃花无言一树春。
宽云细雨润长安,花舞秦岭一山新。
三秦乱花娇无限,一望关中最销魂。
山重水复画中看,信马由缰徐徐归。

关中正当花落时

日暮含烟杏花雨,灞水西畔柳迎客。
云横秦岭花千树,阶前落英失意人。
一朝春去花有落,天涯海角梦无尽。
舞尽韶华备伤神,素心兀自惜春晖。

春光

韶光染色花骨朵,黛眉开娇云出岫。
凭仗和风须放胆,粉蕊似露不害羞。

樱花落

借问春风余几许,今朝未减风流意。
樱花纷落似细雨,何来春日惹恨深。
只为惜花泪两行,月下把酒欲问君。
纵使花好将谢去,却上云霄向晚晖。

朋友相聚情满堂

朋友相聚情满堂,花开一枝蕊生香。
经年离别喜相逢,把盏美酒度时光。
酒壮人胆气如虹,泪流两行自觉长。
欲醉还饮战犹酣,烟笼金樽月入窗。

事烦心宁静

近来诸事烦恼多,更无知己来诉说。
匠心只取十五月,天涯共赏时时乐。

曲意误春

悦心无须花为媒,春来蝴蝶头上飞。
乱花渐欲迷人眼,莫叫曲意误了春。

空谷幽兰

一

秦岭七十二道峪,密林深处三两家。
文人贤士终南秀,房前屋后桃李花。
自是人生原无笨,也傍农夫学种瓜。
箪食瓢饮终无悔,杜鹃声里夕阳斜。

二

花前流水白云下,太乙草堂活文化。
了悟人生二百年,本然见性成菩萨。
印证岁月同拜老,素心如简淡饮茶。
天理不锈存久远,人欲无边灭近寡。

三

修行之缘达彼岸，功名利禄浑虚幻。
浮世繁华空眼过，通达万物参破禅。
人生妄将花月宠，青山绿水着意看。
偏安一隅思无邪，樵云钓月只等闲。

四

红尘全然无滋味，心若在山梦相随。
万念皆由凡心生，潮起潮落千古水。
山花无主空自开，远离人间是与非。
山高可与神仙语，林深常听天籁音。

五

诗书为伴两写意，人自精神三分狂。
流水落花有禅意，空气无霾青草香。
仰望星空自由歌，和鸣泉声琴弦上。
问君那得静如许，皆缘无事可慌张。

六

夜坐空谷高高处，犹怀幽兰琴操心。
闲暇赢得无事日，桃花笑煞失意人。
洗心净面留千古，身轻似烟入浮云。
凡心一束无情绪，闲看蝴蝶绕花飞。

七

空谷林间徐徐行，朝闻百鸟深树鸣。
谁能一语破真机，夜听玉蟾震耳声。
占得先机幽静处，直取山魂祭生灵。
凡心一片在苍穹，绝顶山寺有圣明。

八

看破红尘欲小隐，别离闹市南山陲。
兴来意去唯幽影，不应问我欲何为。
坐看云往仍复还，行到水穷恋清泉。
日暮归家风雪夜，紧扎篱笆深掩门。

九

层峦叠嶂数千重，叹为观止几许峰。
山溪水浅鱼虾多，碧潭深处藏蛟龙。
日出暂为田舍翁，月下潜心阅金经。
芳草萋萋终南秀，望断横云不老松。

十

天地无心空山冷，轻歌一曲终南行。
了却身外烦心事，不计生前死后名。
烟柳小桥雨中隐，风帘翠幕混太清。
横渠四句三不朽，唯有立心见德性。

十一

闲云潭影山中雨，轻烟老树风生秋。
滋水冷落露为霜，渭河东流荡孤舟。
百鸟宛转三千曲，一种清孤长箫幽。
野花落去无情愫，相对不舍门前竹。

十二

暮归茅屋晖将尽，炊烟袅袅陋室熏。
山色夜夜凉如水，水气沉沉接地阴。
蛙声聒噪枫树林，松下流萤无序飞。
不恋长安行乐处，坐拥寂寞自在人。

十三

夜卧山中听雨细，半盏屠苏梦悠长。
雄心已与年俱老，安居乐处乃吾乡。
少壮长恨未得志，堪笑当年不自量。
人老应活闲人样，西向山前晒夕阳。

十四

世外桃源天外天，几亩薄田小河畔。
数株榆树荫庭院，一簇竹子茅屋前。
夜闻犬声心不惊，朝看陋室生炊烟。
芳草萋萋阶无尘，放眼野花开满川。

大自然的聲音

十五

笼中鹦鹉学人语,何似山中自在吟。
闻道宜居宁静处,悟透还须自修身。
莫言浊酒何足贵,只唯真情不伤心。
松涛竹影花寂寞,月下无处不消魂。

十六

河流潺潺仍是水,芳草萋萋依旧山。
几间茅屋小河畔,一盏孤灯书为伴。
独处松下碎碎念,鸿儒应约半开轩。
心无旁骛不曾乱,身怀傲骨守尊严。

十七

深山几间茅草房,神仙居处白玉堂。
云烟渺茫朦胧意,泉水映月细流长。
空气清新独自饮,林中富氧人酣畅。
嵇康弦绝广陵散,琴声犹带紫檀香。

十八

登临终南山，云去仍复还。
群峰脚下踩，雾锁山腰间。
地厚天更高，山高近神仙。
暮鼓山寺静，明月落山前。

沉醉春之声

鸟语春声弦上手，和鸣山风流莺妒。
淡云往来星琉疏，泉水浸处花簇簇。

沐浴春雨

故园老树谁为主，梨花半开正风流。
难得黄昏心情好，雨中散步一种幽。

道情

老农夫，锄荷肩，农田旁，溪水边。
一天劳作无牵绊，兴致未尽有遗憾。
人心善悦几声喊，吼声秦腔夕阳晚。
关中汉子高酣歌，奈何干唱无管弦。

青竹无言

风摇山竹拂浮云，清影掠地独纯粹。
月下听竹各有节，修长无冠轻一身。

渭水与我共向东

渭水潺潺花照红，千里金堤黄昏风。
且随春风嫁潼关，流水与我共向东。

老榆树

富人堂前农家院，岁月沧桑老容颜。
满身疙瘩不开窍，摇摇雀飞落金钱。

农村春景

田野一望乳燕飞，炊烟袅袅笼山村。
轻吹柳笛声细细，和作百鸟齐闹春。

水中倒影

天光花林入湖水，远看浮浅近愈深。
湖中原本无一物，倒影虚幻却又真。

晚敲纱窗无言语

乱发轻绾头生花,春闹枝头花占先。
晚敲纱窗无言语,空里流霜月上弦。

白头如秋人已老

数根白发攀上头,金风玉露叶生愁。
几处枫叶才透红,点破江山万里秋。

王公解梦

愁云恨雨随风去,难舍苍穹云外月。
梦里尤物人若水,谁是天使扮演者。

长乐未央一水流

梦里笙歌容易散,借酒平添无限愁。
翠袿飘逸人欲去,人影纱衣月华收。
八载寂寞千百度,眼前风景脚下路。
淡云往来秋光老,长乐未央一水流。

风雨由来随天意

风雨由来随天意,诗境有我谁与共。
别辞一应晚来风,独守夜阑不忍听。

庭前秋千带夕阳

我携秋风回家乡,轻挽慈母坐厅堂。
闲傍花坛读华章,庭前秋千带夕阳。

炊烟生处是乡愁

少仗宝剑去远游，老听秦腔空回首。
梦里不忘归家路，炊烟生处是乡愁。

夏日情怀

夏日悠闲心旷达，躬身自莳眼前花。
豪情万丈三杯酒，淡雅时刻一壶茶。

单身女子婚纱照

雨后清寒留花影，月在云端缺处明。
一袭白纱剪碧玉，独抱浓愁冷画屏。

大自然的跫音

开卷有益

偏安一隅自开卷,静坐角落谁为伴。
一缕书香颜如玉,赢得身心半日闲。

富平柿饼

秋风吹冷长安月,霜落庄里柿叶红。
纤纤玉手舞彩绸,条条金钩挂帘旌。
厅下并蒂千千结,黑纱透亮点点灯。
琼窗开处留残日,夜露沾霜蜜结晶。

猝然临之而不惊

晚秋猝然黄风起,银杏叶落金箔雨。
一般心思归何处,翠被锦衣两相宜。
年老不知心有恙,开卷长疑多几许。
等闲挥袂轻一嘻,将作新诗弹旧曲。

竹本无心

一

花本无心空自恋,乍把韶光领春风。
吾曹情绪谁做主,闾间不羡千古名。
应见旧僚理有礼,官样表忠欲无声。
秦岭深处紫柏山,仰慕留侯辟谷亭。

二

胸中经济原是空,乾坤清气从此生。
竹本无心一身青,带剑侍卫斩长风。
枝节新绿数重重,赢得高洁盖世名。
欲与荷花同步舞,共荣清廉一般情。

客乡情趣两卿卿

一寸横眉剪秋水,指点苍穹曲如弓。
昨夜窗前风拜竹,客乡情趣两卿卿。

每读诗书有疑问

灯前问卷何所以，自有迷惑多几许。
古来长存多文藻，遗恨千秋到今疑。

生活无诗不精神

桃花不经骤雨落，秋风难撼老树威。
自知才疏资历浅，深扎篱笆紧闭门。
吾吟风月平凡事，唤醒韶光人精神。
生活苟且平处坐，诗意入心妙手得。

亲娘在　不远游

每逢佳节心不宁，心系母亲月愈明。
村前老槐依旧在，家园朦胧烟雨中。
欲叩大门手急停，屋里传来笑语声。
儿孙围着母亲坐，把酒频敬老寿星。

家乡苹果采摘时

风树相约共起舞,村姑素面带笑容。
纵使民间丹青手,难画秋天苹果红。

农家乐天伦

农家无闲日,节令不等人。
四季常劳劳,月月不得息。
有粮心不慌,丰收人精神。
背日四万里,迎着夕阳归。
辛勤未觉累,但求无年馑。

春乏人愈惰

试问闲情有几许,寂寞时节月似钩。
忘却流年都是梦,韶华只为少年留。

梦里思乡情更浓

别梦依稀到老家,秋风带爽夕阳斜。
多情唯系故乡月,且为游子照落花。

洗衣女

池塘戏水洗衣女,棒槌响遏燕子飞。
素手轻推碧波远,蜻蜓奋飞掀衣袂。

三八节游浐灞湿地

一　树下踏花图

芦荡惊鸿朝阳斜,数点黄花绿无涯。
只叹花新人将老,信步树下踏落花。

二　春风解衣图

翠柳依依百鸟飞，迎春花开寒意尽。
轻装一袭人精神，唯有春风解冬衣。

三　细柳风姿图

柳枝细腰同步摆，横桥曲水观鸟台。
始于春风巧剪裁，细柳妖妖黄花开。

四　野鸭戏水图

柳舞清风花露甘，野鸭划破水中天。
几处鸳鸯腾细浪，春风拂面尽开颜。

五　万古春声图

灞柳迎风诗意浓，桃花人面色相同。
万古春声一样情，人欢共和鸟语声。

六　湖上水禽图

翠柳轻拂丽人肩，花露湿衣未觉寒。
绿荫落英行悠闲，湖上轻舟走水禽。

七　动人春色图

浐灞湿地无穷树，唯有柳枝伤别离。
迷人春色余几许，小桥流水花影稀。

情人节

题记：有感于情人节送玫瑰。

花本无意撩有声，乍把琼枝芳心动。
一番传情妙寄语，两枝玫瑰百年情。

大自然的聲音

观花正当时

古城春色花为主，我与百花共春天。
有花堪看直须看，错过花期又一年。

清明

清明祭祖先，柏树花蓝蓝。
墓地阴气重，花开一瞬间。

旅游消愁

题记：朋友一水近来心里颇烦，欲出游散心，曰"在家是丫鬟，出门是娘娘"。我大笑："准奏。"

云淡风轻自在游，迟迟春日暗香流。
只需几天从容日，消得长门许多愁。

柳絮

一

柳絮作雪轻似棉,回风扑面不觉寒。
人生漂泊风前絮,明德始觉天地宽。

二

绰约多姿柳枝摇,飞絮如雪空中飘。
一如风卷抱成团,纵使春暖不曾消。

雨中逍遥游

轻车细雨天未晴,人自逍遥心自轻。
正是踏春好时机,何妨长乐且徐行。

诗意

诗眼点破千般景,达坂城因一曲红。
绝胜地灵苍山远,假与文章慰生灵。

月夜踏雪

踏雪归来靴无尘,玉树流光花满身。
长安城外秦时月,今夜还照寂寞人。

感怀秋意

立秋当日初见凉,爽爽天光云苍苍。
草木不耐晚飞霜,叶红菊黄晒夕阳。

壶口瀑布

河流汤汤水帘横,谷口瑟瑟生阴风。
天接云雾千毂舞,阳光斜穿映彩虹。

秋思

梦里秋思谁是主,丁香空结雨中愁。
一夜霜寒树凝露,风自萧萧叶自疏。

秋景

山舞苍龙风满楼,河荡枯叶作扁舟。
西风吹老绿色梦,染尽江山万里秋。

春景

竹青树绿水满溪,梨花带雨春欲滴。
最是落英人去后,如约燕子穿花衣。

人老了　只想做一静静的看客

回首往事心无憾,静观无语一看客。
香甜莫过回笼觉,蓝色梦里杜鹃飞。

虹

雨后天空大写意,谁有如此大手笔。
苍龙躬吸东海水,波光潋滟七彩衣。

月亮今夜为我圆

今夜无眠宿孤馆,把盏独饮悟由缘。
阑珊谁与度韶光,明月当空为谁圆。
玉手摇摇自兹去,含怨欲罢又依恋。
便作酒水都是泪,长门灯暗半开轩。

不争人自贤

生死有命宜自得,富贵荣华何曾争。
身外之物随风去,心里轻笑三两声。

人有尊严气自高

诗书为伴心宁静,静中宜思养容颜。
颜面顾全人尊贵,贵在家中享清闲。

寡欲心安

德不配位高高坐,合脚鞋子自己穿。
长叹江湖沉浮事,寡欲无求心自安。

听雨无眠

未曾谋面三五天,疑似声音在耳边。
相见思念流不尽,端的听雨夜无眠。

自在莫过农家院

故园萦牵常入梦,寒舍傍水长安东。
自在莫过农家院,坐看落英夕阳中。
举头朗朗天穹碧,回首院落四方城。
人间唯美一曲调,蝉鸣阵阵聒耳声。

大自然的跫音

农家院落

恰恰树上鹊,皎皎天上月。
白云东房出,夕阳西墙落。
院里乾坤大,目测有几何。
低头看鸡鹅,远望涉星河。

夏之声

一

乘凉惬意明月中,蒲扇送凉不是风。
此时无事小神仙,蝉鸣将作管弦声。

二

夏蝉长鸣声细细,燕子短叽语急急。
快意由来心头起,低吟浅唱不离曲。

夏之味

庭院树下乘晚凉,星汉灿烂夏夜长。
轻云明月花影乱,篱边百合自带香。

思夫

离别犹如东去水,晓看大雁暮望云。
一窗月影半床梦,细雨潇潇夜归人。

中华民族魂

九曲黄河水,中华民族魂。
待到清波起,圣人立神门。

秦川是吾乡

一脉渭河水,秦韵万古长。
潼关常回望,秦川是吾乡。

溯源

小河源泉何处寻,两岸桃花笑流水。
明月松下独自饮,只敬水魂不拜人。

山里人家

野花不辞迷人眼,夜静山空晚生寒。
茅屋依山朝向南,小溪流过柴门前。

槐花雨

古城国槐多，闲看黄花落。
雨打风吹去，满地洒金箔。

王家大院风水佳

吴堡城南王家院，黄河流过山门前。
两条青龙擎白虎，三户相承一脉传。
眼观山花满芳甸，宅居高处傍清泉。
东家积善凤凰来，德泽乡里人称贤。

槐树

夏日乘凉树遮阴，雨打槐花万点金。
三公觐见皇帝时，伫立树下人尊贵。

河流

仰泉来无尽,借势去不休。
直流短急急,曲水长悠悠。

公鸡

大红冠子头上戴,鲜艳衣裳巧剪裁。
器宇轩昂雄赳赳,鸣叫三声白驹来。

杨稳新画意

一

黄昏疏影细无声,苍烟弄晚混太清。
王母娘娘瑶池畔,夜径剪影姜太公。

二

意境深深深几许，山水淡淡淡涂灰。
江天送晚池边树，梦幻青色满乾坤。

三

山川初染碧水蓝，谷中瑟瑟风带寒。
海市蜃楼蓬莱意，黛山突兀生紫烟。

四

青云压境淫风散，几间茅屋烟雾中。
漠漠浑天苍山远，一叶扁舟一蓑翁。

五

帘幕低垂幽兰梦，几多忧愁阴霾重。
谈天任凭雁飞去，万籁俱寂见空灵。

六

写尽峦山冷画屏，禅释万物色即空。
花间有酒一瓢饮，天地混沌有生灵。

壶口瀑布

一　黄河心

龙王山青河水黄，猎鼓咚咚震山冈。
壶口气势高万丈，心潮逐浪同锵锵。

二　图腾神灵

黄河弄影霹雳舞，翻身冲破金玉壶。
华夏图腾绝世无，神灵祥瑞昭万古。

三　民族魂

壶口演绎民族魂，气势铸就英雄身。
涛声撼人心澎湃，国人到此长精神。

四　黄河梦

一壶吞黄水腾腾，两岸山花随波动。
气沉丹田怒吼声，云蒸霞蔚铿锵梦。

五　黄河咆哮

黄龙飞身跃深潭，壶水沸腾蒸云烟。
浪涛呼啸发乎地，如雷贯耳声震天。

六　中国心

狂浪冲天遏行云，涛声澎湃中国心。
英雄豪情千古水，这般光景长精神。

再拜许衡

繁花落尽日，风骨傲秋时。
不食无主梨，尊严自维持。

晚秋

晚秋萧索花寂寥,层林着色枝叶俏。
试看金菊傲秋日,大雁驭云两相高。

醉仙犹如南柯梦

酌酒微醺脚踩棉,身轻飘飘似神仙。
唯有醒时才觉惨,旧貌何曾换新颜。

中秋恰逢连阴雨

人知天命月逾半,秋雨潇潇夜生寒。
今晚若无月朗朗,虚过中秋又一年。

大自然的跫音

秦岭秦人秦韵

秦岭脚下长安北,渭水东流不复回。
一脉河谱千曲水,浪花声里有秦韵。
周礼斐然郁郁文,文明传承有秦人。
低吟浅唱难过瘾,吼声秦腔心里醉。

蜗牛

一生奔波寻觅中,快慢由来不曾争。
路途不知宿何处,且负房子徐徐行。

向日葵

世间草木向阳倾,唯有葵花沾日名。
万物常向高处攀,近水楼台见月升。

胡杨林

西域无垠天地宽,胡杨沧桑戈壁滩。
大漠英雄苍天剑,岁月不老三千年。

路在身后

雪漫原野疑无路,天地迷茫不辨途。
飞鸟飘零容易去,人间沧桑心悠悠。
举目阡陌步迟迟,回首路在身后留。

一家亲

人若无恙本无忧,宅家日久心生愁。
新月千里寄相思,无言怎生交朋友。
别来无恙一轻问,遥寄祝福双泪流。
倚楼望江楚天舒,东风日暖秦地游。

每从文章见精神

繁花落尽风骨存,芙蓉入梦花生辉。
儒生无畏任去留,每从文章见精神。

德行可风

赏花归来衣沾香,蜂蝶寻香绕人飞。
德行可风气场阔,英雄头上自带晖。

黄昏村景

落日洒余晖,收工回山村。
农夫肩荷锄,高唱秦腔归。
牧童骑牛背,柳笛轻轻吹。
树上小燕子,语急欲何为。

乞巧节

织女会牛郎，阑夜上鹊桥。
女儿引针线，今宵乞手巧。
谁与我同舟，银河路迢迢。
女儿装扮俏，新月来相照。

晚秋

北国草木初着霜，金菊银杏相映黄。
风吹树叶萧萧下，几许秋意扫不光。

门前春早

春雨时节土如酥，红叶李枝花簇簇。
树下赏花谁是主，任凭花瓣落满头。

春景

花开了无声，春到燕子鸣。
蜂蝶扮天使，往来传真情。

春日郊外

长安北郊去采薇，农田野菜嫩且肥。
试看遍地劳作者，尽是城里闲暇人。

蜜蜂

急飞轻探花中蕊，舞尽细腰翅下风。
千回百转勤劳劳，酿就岁月万花情。

大自然的聲音

花前释怀

百无聊赖心悠闲，醉看枝上红玉兰。
自在风物放眼观，愿逐春风立花前。

莲心

一脉秦岭地上龙，绝顶凌云有神明。
世人皆知华山险，莲花入心一佛生。

春色无边

神往春色心不老，未知解语花寂寥。
少女花前轻一笑，且为年华留靓照。

海燕

水天交汇碧无穷,唯见海燕舞长空。
精灵望断千里远,凌云逐风观潮生。

点睛

壮士佩剑腰杆挺,姑娘戴花妩媚生。
龙船舞狮一点灵,神情瞬间便不同。

新冠肺炎居家有感

斗帐寒室春来晚,不曾起舞二月天。
盹入春梦何时醒,花开时节不卷帘。
乍见落英人易老,相逢柳下寻不见。
忘却眼前无穷事,不负韶光尽开颜。

谈笑有鸿儒

山中一夜雨,河源百泉开。
地灵秀色饰,人杰鸿儒来。

春夜细雨

细雨如丝静谧夜,睡眼蒙眬怡情天。
自在芦花入梦寒,星月舒坦云上眠。

他乡遇老乡

一声乡音故园心,两行热泪桑梓情。
机缘自有上天定,人生何处不相逢。

梦中情景画意绚

题记：白日吟诗，夜有所梦。是夜，睡梦中吟的一首好诗，梦中记得清晰，反复吟诵，朗朗上口，颇有成就感。早起，夜里的诗怎么也回忆不起来，苦思冥想，总算想起一句，顿时觉得索然无味。

生活苟且吟诗难，梦中情景画意绚。
晨起追忆记不全，吟出一句作早餐。

老同学聚会

少小离乡率轻狂，适逢中岁已悲怆。
老来相逢共笑语，频敬同窗话平常。
屈指细数当年勇，膝下儿孙忽成行。
借问后会何日是，未先开口暗自伤。

放风筝

手拽风筝逆风起,扶摇直上与云齐。
相伴飞鸟比翼长,舞尽长空一线系。

送别

青青河畔柳,依依情意长。
牵手将离别,犹如在他乡。

人老心不老

中岁已没千里志,年迈犹抱百年心。
人生自古无来世,只唯春去春又归。

卜算子·看西安交通大学樱花大道樱花落有感

花落亦有喜，醉看樱花雨。花瓣铺就五彩路，脚踩香径里。

枝上花愈艳，地上落花絮。待到樱花落满头，喜从心中起。

卜算子·举目无贵阳

黔国有高峰，无惧高原行。杞国无事忧天倾，总觉心不平。

埋头读诗书，举目无贵阳。心若宁静不彷徨，临危何悲伤。

卜算子·贵州游

不属黔之民,潜入夜郎国。旅行居家两由之,不做漂泊人。

游也快意游,回也总须回。待到游玩尽兴时,归心似箭飞。

卜算子·云

天上有浮云,朵朵绣成堆。云卷云舒自有形,总赖风生成。

欲雪自然雪,期雨当然雨。雨雪过后天晴了,不知云归处。

卜算子·名利如云烟

此生别无求,窃喜未出名。过眼云烟眼底过,独我一身轻。

花落知秋寒,不惧雨与风。胸中已无少年事,诗书共余生。

卜算子·咏梅

一梅艳一季,花开空寄寂。傲立隆冬独自开,萧条无情绪。

怒放千万里,丹心报春讯。百花满园早春来,香随冬意去。

蝶恋花·长安惜别

雨后荷花愈清丽。唯有惜别，幽情终难洗。长安环绕八川水，安远迎春第一枝。

别离口信云捎来。问我若何，真个成难题。欲将情愫品一醉，清风吹落千行泪。

蝶恋花·采莲

采莲小姑巧打扮。头戴红帽，身着绿衣衫。一入莲池看不见，莲花小姑不得辨。

渔歌回唱水带韵。碧波荡漾，西边晚霞飞。采莲多少不得知，小船满载夕阳归。

清平乐·自由自在人生梦

伏案疾书,说尽平生梦。鱼游在水雁在天,抖落一身清闲。

低吟两句歪诗,自由自在人生。重把流年岁月,时光演绎笑靥。

清平乐·情深海阔

情深海阔,问讯无觅处。唯向弯月轻诉说,谁念拳拳碧心。

秋高气爽洒脱,化解心结如何。轻风细雨入睡,幽梦如来魂魄。

菩萨蛮·秋风秋雨难为秋

秋风曾送情愫去,秋雨又遇别离忧。笑看河水流,梦里散千愁。

遥知留不住,待旨苍天佑。明朝乾坤转,丹心仍依旧。

菩萨蛮·花开花落自有时

花开时节幸遇君,心中有佛自在人。相见疑似梦,还隔一重门。

轻轻挥衣袖,带来七彩云。和风暖心扉,点化有缘人。

点绛唇·荷花歌

年年荷花，为谁生情为谁清。红蕖高擎，点绛绿波里。

荷青藕白，碧水生清波。别无求，岁月悠悠，白云锁清秋。

采桑子·酒醉逍遥

谁舞秋风紧一遭，风自萧萧，雨更飘飘，寒风凛冽只一宵。

烦事直叫人欲恼，茶也淡淡，酒更朦朦，欲醉还醒人逍遥。

丑奴儿·学堂门前白杨树

学堂门前白杨树,风吹哗啦,雨落哗啦。春生毛虫,吓煞学生娃。

三尺讲台师在上,先生念啥,学生念啥。之乎者也,温文而尔雅。

相思令·别离辞

荷花风,竹子风,夏日清风齐相送,怎忍离别情。

春风情,夏雨情,相聚同心未结成,和气心潮平。

荷叶杯·记得那年盛夏

记得那年盛夏,正午,萍水相逢处。皇域西畔把酒问,何日传佳音。

煎熬多少黄昏,再聚,欲去又依依。无限思量谁伤心,相见了无期。

浪淘沙·多事之秋

秋草初泛黄,大雁南归。冷眼含怒震煞人。兀自不知原是梦,心若止水。

中秋月圆时,何来悲伤。纵使将心洗无尘。空谷幽兰一片云,花本无心。

江城子·春游

春风细雨自由行,车如飞,人匆匆。佳节才过,路上任西东。那年鄂邑葡萄园,问路谦,答不恭。

夜来心绪多几重,念往昔,忆平生。深红浅白,唯有笑相迎。今朝斯人已去远,词一阕,化作梦。

点绛唇·蜜蜂采花图

细腰频舞,隔空常探花蕊处。梧桐玉树,无意花间住。

粉蜜欲滴,寻香勤回顾。归巢急,山回路转,不忘来时路。

南乡子·秋景

风萧萧,百草黄,渭水泛波顿觉凉。

眼前秋景觅不尽,难为长,红叶着露凝成霜。

眼儿媚·人面桃花

春日桃花弄温柔,粉嫩绽枝头。自生胭脂,雪上点梅,可怜风流。

夏季高擎遮阳伞,一白掩千丑。人面如碧,浓妆淡抹,少女害羞。